如果記憶可以移植

洛洛

自序

我們面對不喜歡的事情永遠都會給自己很多藉口去逃脫,生病的時候面對最喜歡的事情,感到最值得堅持的事情卻會用一百倍的努力去完成它。有時候,不是不想去堅持的做好一件事情,而是身邊很多聲音告訴你應該「醒一醒,面對現實吧!」,連最愛自己的家人也會說出一些傷人的話,多麼不相信我會把堅持的事情做好。也許十年前的我有太多的事情都証明了我不是一個會努力堅持的人,令關心我的人記下了我這個缺點。十年後會變,再十年後也會變,也許會停留,也許會繼續向前。

只是希望自己停留在那個不忘初衷的時代,只是希望那個不忘初衷的自己會努力向前,努力進步,堅持寫作。你失敗了,我跟你一起失敗,因為這樣告訴自己有改進的需要。你成功了,我看著你成功,因為我相信自己也會有成功的一天。不是要堅持什麼,而是告訴自己堅持的是什麼。

2015.09.04

我思故我寫

陌生人

休息一下再走吧

世界明明就是這樣

我思故我寫

真實

如果一個人發現了自己的真實，

他們會變得非常沉默。

我想一個人為什麼會沉默，

應該是這樣。

輸贏

我不怕輸，

因為我不知道贏的滋味是什麼。

我不怕輸，

我為了喜歡的所有都向前，不需要知道什麼叫作贏。

如果我是男生

如果我是男生的話，這一輩子下一輩子一定會娶妳的。

如果我是男生的話，這一輩子有很多人糾纏著我的話，

請都把他們趕走。

如果我是一個失憶了的男生，

請不厭其煩的告訴我是有多愛妳。

如果我是一個失憶了的男生，

請每天都待在我身邊每一天都讓我看到應該不能是陌生的妳。

如果這一輩子我真的是一個男生然而沒有緣份遇見妳的話，

請天使把妳編排在凡間的隊伍中第一個位置，

好讓我下一輩子可以很快的遇見妳。

好讓我都可以把不喜歡的人都甩開，

好讓我知道自己是要等待一個我只會娶她的人。

如果下一輩子你是鐵達尼號，

我變成溶掉冰山的海水不讓你沉沒。

如果下一輩子你是那個飛向夢想的孩子，

我變成會調節溫度的太陽讓你繼續飛翔。

我答應，只要我下一輩子是男生的話，一定會娶妳的。

所以請你下一輩子一定要找我，

所以請你下一輩子一定要讓我遇見妳。

髮型和裝束

你剪了一個我不喜歡的髮型。

你穿了一件我不喜歡看的衣服。

以上所有條件，

也許可以証明我不是喜歡你，

而是只喜歡髮型和衣服。

然而，我知道不是。

承諾

鞋，髒了。証明我又走了很多的路。

腳，累了。証明我做了答應你的事。

負責任

這個人從來都很少為自己想一想要做什麼事，

就讓她這樣叛逆一輩子吧，

她一定給父母一個好交代，

因為她已經完成爸媽要她做的所有事情。

其他的路讓她選擇吧，錯了，也是她負責。

坦白

也許有些人保持沉默就因為這樣。

不是不說，是說了沒有人體會得到。

是說了沒有人會明白，覺得說出來和不說沒有什麼不同。

有一些人說了，因為喜歡聽取別人的一兩個建議，

也許他們心裡就有一個答案，只是不能確定是否可行。

然而別人的意見是好是壞，

他們還是會挑一個最接近自己的那個答案是吧。

沒有一個建議的意見，他們會忠於自己的選擇。

有一種人不會跟別人說，都把開心和不開心的寫在博客上，

他們手持著是否要和別人分享的最大權利。

對，還有最後一種，

喜歡和玩偶說話的人。

這一類的人應該是最少的吧！然而我就是這個最後的一種。

無題

如果文字真的令你鼓舞，

那它就是我的救贖，

而寫作是我的全部。

拼圖

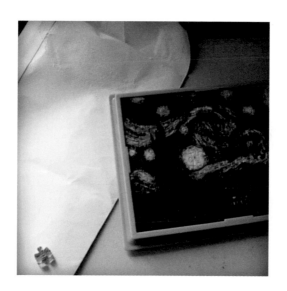

看過台灣電影《星空》的人應該會記得小美的拼圖是少了一塊的，

怎麼也沒有想到我買回來的也是少了一塊。

最後給寄回來了，

拼圖真的不能少了一塊的。

模型

人生第一次証明當男生的角色一點都不好。

我感謝我人生不為製作模型不為高達模型而瘋。

不過最後還是製作成功了，

應該是成功了吧，自己很滿意。

散步

一個人輕鬆走著
聽著五月天的歌
已經想不到找伴
的理由是什麼了

我行我素

雖然我行我素好像有點不好，

只是想說我不會為喜歡的人改變自己，

不要為別人覺得他們想看的就要改變自己。

如果一個人只是喜歡化妝的你，討厭卸妝後的你，

那你不就是為了害怕他突然走上你家，在家裡也要化著妝生活，

臉部受傷害的只有自己。

怎麼樣就是最適合你，穿得整潔能大步大步的走在街上就是了。

自己舒服了就足夠，好像太不負責任了，所以說穿得整潔。

我從來都不覺得這就是「差不多」的想法。

遇見喜歡的人我還不都是這一副模樣。

如果他喜歡穿裙子的我，我就要去買很多從不喜歡穿的東西穿在身上？

他喜歡，我不喜歡。這叫兩個人互相喜歡？

還是只是一個被虐者和另一個施虐者。

為了喜歡的人改變你自己是你自己的事，

改變了的話會比以往沒改變的你來的快樂的話，我當然替你高興。

然而不是說不會為了喜歡的人改變，只是改變的理由合理就是。

也許我就是不合理的事也會覺得它是合理沒關係，

只是模樣背叛真實的年齡與思想，遇見了喜歡的人，卻步了。

就像我遇見了喜歡的包包沒有第一時間買走它，

第二天拿錢想去買它，給買走了。

而且，那是世上獨一無二的包包。

被買走了，就不能再出現下一個它。

手錶

17歲的自己陪伴自己到27歲，

我想這就是我開始努力去追夢的10年。

只是我真的想不到還有3年就是27歲了。

真的，即使什麼都沒有了的時候，

也不要忘記那個為了什麼而追夢的自己。

我不喜歡戴手錶，真的非常討厭，十分鐘前看，這麼早。

十分鐘後看，原來這麼晚了，唉……遲到了。

可是我沒有重新調動分針，就讓它繼續向前吧。

不喜歡戴手錶，以前很多的手錶沒有電了，不重新讓它運行。

不喜歡戴手錶，因為天黑了，要下雨了；

我知道那個時候要回家了。

變身！

旅行的意義

為什麼這個地方越來越讓人感到心痛。

讓人擔心，

讓人想要丟掉手上所有的工作飛奔過去。

台灣，你還好嗎？

一年去一次真的不夠。

前幾天表弟才說他退休會移民去台灣，

他還在儲蓄。

看他這麼努力，我也要努力。

最後發現在台灣的自己才是最真實的自己。

唯一能讓我放慢腳步的地方。

嗯，慢慢來比較快。

一個人總會有獨處的機會，

不是看自己有多成熟，

而是看看自己有多了解自己。

看自己可以走多遠。

小王子出走

有時候，

和一些人一樣。

有時候，我和有些人一樣。

爸媽，

也許你們認為不是有些時候，而是經常。

有時候，我和有些人一樣。

出走，

真的只是有些時候。

我真的累了，

僅僅如此。

真正重要的東西，用眼睛是看不見的，必須用你的心

樂觀

那個不樂觀的我，

是你們不樂觀過後卻給了很多讓我變得樂觀的話，

才能變成這個樂觀的我。

玫瑰都拿一枝吧。

謝謝樂觀的你們。

陌生人

迷失

每次我們背棄了當初的想法，就覺得自己迷失了。

迷失在不同過程中才得到更好的証明。

不要試圖改變迷失的自己，

也許迷失不是一種錯。

幸福

不幸福就大家告訴世界妳不幸福，

不要替自己製造幸福，那不是幸福。

不要替自己製造幸福來告訴大家妳很幸福。

很痛苦就是很痛苦是吧。

別再糾纏在這個關係中，

妳可以欺騙全世界妳很幸福，

然而，妳欺騙不了自己。

你

不要變成你喜歡的她喜歡的他。

不要跟他穿一樣的衣服，

不要說他的座右銘，

不要剪他相同的髮型，

不要變成他。

因為你依然是你，

即使你們的名字也一樣了。

你依然是你，

她依然是她。

你，賭不起。

更輸不起。

隱形人

隱形人也好，

他也有心臟是吧。

他也有思想是吧。

只是他吃了一顆變成隱形人的藥而已。

蝴蝶

不知道蝴蝶有沒有伴侶。

不知道是否她累了想在這裡休息，

然後有一些人跑啊跑看不到她不小心踐踏了她，

然後可能有些人是喜歡美麗的東西，所以要保護她，

又可能有些人討厭美麗的東西，要破壞她。

蝴蝶，不是地上的螞蟻，

我們總不會拿著放大鏡走路看地上有沒有螞蟻才走，

免得踐踏了他們。

蝴蝶，至少能夠讓我們很容易見到她，可以不用傷害她，

破壞她的美麗。

也許，她的伴侶用盡了他的力氣去把一片花瓣帶回來，

襯托美麗的她。

邏輯上，蝴蝶沒有力氣能把花瓣帶走是吧。

現實，一個母親卻能夠把車子托起來救出她的孩子。

我認為，連蝴蝶他們也有思想，看到伴侶這樣，

或許他們會飛向階梯，飛向大樹，自殺，陪伴他的伴侶。

蝴蝶還是喜歡蝴蝶好，

但是，

誰說蝴蝶不能喜歡蜜蜂，只要小心翼翼就不怕傷害對方。

慢遊

一個女生背叛了世界給她原有的規則，

沒有預兆的情況下發現愛上好朋友。

這個荒謬的想像，她嘗試不去回應：

繼續努力尋找真正屬於自己的幸福。

最後世界也對她很好，給了她們一個擁抱的機會，

就一次這樣對她好。

滑過指尖的髮絲，

給撫摸過的肌膚，

那種像是卻不是只是很微小的動作，

看起來比一個擁抱來的更激烈；

然而，卻比不上一個最溫柔的擁抱。

在吶喊中尋覓最不一樣的自己，

在水中感受自己斷續的呼吸聲。

在某個位置轉彎角落看見現在，

也不能算是在那裡會看見未來。

繼續是一個夢，只是在夢中貪婪的想要一個擁抱。

只因為跟大家不一樣，卻不想承認世上是存在著這樣的一個自己。

只因為背叛了的是世界，就不想讓別人的幸福也要交在自己手上。

她沒有不一樣。

只因為得不到一個擁抱而已，她考上了應用女性學學系。

終究也結束了自己疲憊而荒謬的慢遊。

借回來的淚

不應該哭的時候，哭的死去活來。

要哭的時候，卻哭不出來。

所以把淚水借回來。

連淚水也是別人造出來，借回來，應該有一點可憐。

連借回來的，買回來的，都比自己的淚昂貴。

要哭的時候，卻哭不出來。

應該慶幸那些讓我們二話不說就能哭出來的人事物。

應該感謝那些讓我們哭的死去活來的人事物。

你覺得自己的淚是多麼的價值連成的時候，卻無人問津。

你應該為收起一些眼淚而收起一些眼淚。

你開始躲開所有可以讓你揮霍眼淚的人事物和場景，

是吧？

你開始躲開所有可以讓你揮霍眼淚的人事物和場景。

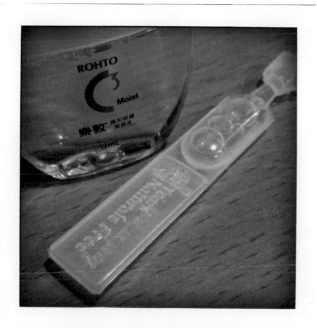

自殺

自殺也許是一種最有骨氣的終結生命的方式 。

對生了重病的人來說，能夠離開病床站在高樓上俯瞰，跳下去，

是他們唯一想要做的事，我想。也許這是他們最奢侈的願望。

開始懂了，為什麼有人選擇自殺。

也許他們為了無聊的事情而自殺。

只是我們每天開心傷心的過也好，也是24小時。

有時候我還是覺得這一天為什麼這麼難熬。

不是沒有努力的活著，只是用最努力活著的力氣也戰勝不了煎熬。

對他們來說24秒，0.24秒，0.00024秒，沒有就好了。

對他們來說24小時，是24年。

再沒有時間就好了。

心，不再跳就好了。

對生了重病的人來說，能夠離開病床站在高樓上俯瞰，跳下去，

是他們唯一想要做的事，我想。也許這是他們最奢侈的願望。

故事

是一個超開心的故事，
也是超不開心的故事。
永遠，
應該是一個說不完的故事。

做一個最像自己的自己

忘記了什麼時候打開了像老夫子的衣櫥，

所有衣服不是黑就是白的衣櫥。

女生，衣櫥裡最重要的那件衣服應該是婚紗。

不，不應該叫作衣服，而是未見的幸福。

不，也許差一點點可以變成國王的新衣：

給自己一點都不像幸福的自嘲一點自憐。

被賜毒蘋果的永遠是白雪公主，

十二點前一定要回家是灰姑娘，

被縫衣機弄傷手指只有睡美人。

婚紗，不一定是白：

有一天妳再打開衣櫥會遇見那件裁好的幸福。

謝謝你，約翰

你，娶日本人真的好嗎？

只是我們都沒有資格說你不對，沒有資格說你做的不好。

披頭四，也許是我可以和日本人溝通的橋樑。

我，日文說的很爛，至少也有英文。

你，日文說的很爛，她，至少也有英文。

沒有人有資格說你做的不好。

謝謝你，約翰。

這一次我走過了一趟美好的旅程。

謝謝你們，披頭四。

我，很喜歡小野小姐。

也許，你只想牽著她的手，

也許，她也是只想牽著你。

對的你才會去做，是吧。

是吧，約翰。

I WANT TO HOLD YOUR HAND

不是我想牽著你的手，是我只想牽著你的手，不放開。

休息一下再走吧

界限

也許對著貓咪訴苦心裡所有的不快就可以消失。

雖然牠們好像還在用一種不屑的眼神看著你。

不用任何對白，

不用懂得彼此的語言，

就這樣看著彼此，一種好像超出想像的界限，就是心靈交流。

科學家是研究了很多把人類和動物溝通的科技，

把狗狗的語言翻譯成人類懂得的話語，

讓人類知道花兒也是有感情，有笑容。

回想起這些種種所謂偉大的貢獻，

是可以把人類和動物的關係變的更密切，

然而也能夠把死亡變的更加痛苦和可怕。

風景

再美麗的一張臉看多少次都會膩，

風景只要不被摧毀永遠都不會看膩。

元朗

慢慢覺得元朗變化很大大概是進了大學的時候。

她的變化是慢慢的，卻不知不覺的令人覺得怎麼變得這麼多。

明明就住在距離元朗不遠的地方，卻覺得她的變化很大，

也許是沙田和元朗之間的距離真的很遠吧。

不同形式的奶酪店，不斷擴大的M字快餐店，

陪伴了大家十年多的文具店也要搬遷，換了的是財務公司。

陪伴了大家十年多的麵包店也支持不住，

我好像沒有進去買過東西她就不在了。

也許還會記得那些麵包的香味，那個老闆的模樣。

恭賀新店開張的花牌，到處都是。

很多人千里迢迢的走到元朗，喜歡吃「老婆餅」、「蛋卷」、「牛丸麵」……

從文化與大財團之間的角力，看到的是輸了文化，贏了……什麼？

喜歡拍攝風景，因為它即使是如何被摧殘也好，

也用它最自然最不對人類掩飾的一面展現它的一切。

人類掛上了面具，「咔嚓」，面具留於底片上，不能掩蓋。

也許這就是我喜歡拍攝風景的原因。也許這就是風景比人類更美的原因。

如果，短短的文字真的可以擁有這麼大的影響力，

世界真的會變的很和平。即使文字沒有驚人的威力，我也繼續相信。

因為，風景是人類創造，是人類破壞，

最後，也只有人類才能修飾它。

元朗，真的很美。

螢光筆

不太喜歡在這裡買吃的，太貴了，但真的吸引。化妝品，當然不會買。

「無印文具部」是最多人去選擇貨品的地方，自然地，學生最多。

有一次閒逛文具部，看到粉色、橙色、綠色、藍色、紫色的螢光筆就是沒有黃色的。

但這些顏色明明就是很多人喜愛的顏色，怎麼依然存在貨架上，實在摸不著頭腦。看到黃色螢光筆不在，這時我才發現我是為了她而來的。真的非常失望。旁邊有個女生問店員：「有黃色的嗎？」店員說：「對不起，全沒了！」聽到的時候，我出現了更大的失落感。

現在出現了很多新式的螢光筆，像唇膏扭動式螢光筆、可擦式螢光筆，有水果香味的更是幾年前就出現了，這些新式的螢光筆，不被討好。

可擦式螢光筆不像可擦式原珠筆，後者有更高的存在價值。

不同新式的螢光筆，我覺得創造她們出來的人好像忘記了她的存在價值。

用上螢光筆的那一刻，是想得很清楚才會想下那一筆，被那顏色畫過的字，

是你覺得很重要的字不能被忘記，所以更沒有被擦去的理由。

筆袋裡有很多螢光筆，可是黃色的卻不會少的，很多人的筆袋裡也有。

明明就喜歡藍色，你卻要買黃色螢光筆。

明明就喜歡橙色，你卻要買黃色螢光筆。

明明就喜歡粉色，你卻要買黃色螢光筆。

明明就喜歡黃色，你卻說喜歡其他顏色。

上課根本沒有限制用那一種顏色的螢光筆，

用上黃色螢光筆更不是一套規律，她卻變成了一種大家明明就喜歡黃色卻說不喜歡黃色的規律。「你會說喜歡黃色螢光筆，因為她鮮艷吧！」也許就是這樣。

書本上的彩虹，謝謝妳，螢光筆。

心

情愛這些東西，

現在我只能把它分類成東西。

有些人的染色體遇到對的人會突變，不顧一切的向前衝。

有些人的染色體卻會不動的，努力的想要迴避所有突襲。

一個男生為什麼只會接受那個女生的撒嬌，把她變成他唯一的可愛。

明明別的女生都是用同一種方式對他撒嬌，他就是找不出原因。

一個女生為什麼只會用不屑的眼神去撇開和那個男生對視的一瞬間。

明明有很多溫柔的人等著她，她不屑的眼神宣示他是唯一的溫柔。

一個男生能夠對抗世界，輕蔑那所謂的規則盡情的愛著和他相同的人，

一個女生能夠把自己的頭髮都剪掉，告訴全世界她也是能夠保護自己。

被背叛的不是我們，背叛我們的更不是她和他。

上一秒，心下意識去替我們選擇了那所謂更美好其實更糟的。

下一秒，她知道自己犯錯了卻沒有好好重整那個空洞的心房。

沒有預兆的，心每天都在背叛我們。

然而，心是唯一告訴我們每天在想著誰。

莫泊桑：

女人信仰愛情？

男人寵愛女人？

全是假的，只有性和謊言才是真的

頭髮

別人說這個髮型很適合你，

瀏海真的適合你，

剪一個漂亮的髮型找工作的時候給老闆一個好印象，這些都是別人說。

然而站在鏡子前會知道什麼髮型適合自己，那個應該才是最真實的自己。

也許短頭髮很好，

那長頭髮就不好嗎？

也許那個髮型真的適合自己，

那它不一定是自己喜歡的髮型。

最後，只是知道這一把長頭髮為誰而留；

短頭髮為誰而剪。

終究還是會明白自己才是自己的理髮師。

你是我的眼

當你看不見世界的時候，

萍水相逢的人願意說一兩個善意謊言告訴你外面的種種顏色。

你發現，在醫院只有自己一個人的時候，

在一間數十張病床的大房中也許比獨佔一間房間更快樂。

你想要聆聽電視機以外的聲音。

你看不見，即使你聽到的是謊言，

你懂，你最後知道真相之後反而會心微笑，拍手叫好。

悄悄為他流淚，

悄悄為你那存在過數十天或是數十秒的眼睛流淚。

東京鐵塔 VS 東京晴空塔

還是喜歡東京鐵塔，這個晴空塔超像廣洲的小蠻腰，

還是覺得東京鐵塔才是日本的地標。

第一次去日本旅行竟然沒有踏上東京鐵塔，真的說不過去。

慾望

在很多人的心中，可以追求自己想要的是多麼美好，

對他們來說，有慾望就是最奢侈的享受。

慾望，也是人類可遇不可求的東西，

有一些人覺得只要有了富足的生活就可以跟自己想要的東西距離變得更近，

因為有金錢有勢力的人才能跟慾望討價還價，

這樣就像生活在大屋和小屋之間的分別。

所有貧窮的人沒有能力沒有金錢就要被富足的人欺負，

在社會上不停的循環。

然而，慾望的正面就是讓我們可以有力量去完成我們想要達到的目標；

慾望在這個時候成為了一個推動力。

在追求夢想的過程中跌倒了再爬起來，

因為有了力量讓自己想要更努力。

忤逆

蒼天把歷史淹沒，

雨狠狠的打落在那沒有人關心的遍地鮮血上。

牢籠中的血肉變得矇矓，參加撕裂中的哀鳴代替那半秒的槍聲。

剩下的只有長牙利爪和熊的寶寶。

生病的好處

忘了什麼時候喜歡了生病，生病它會帶來一點點的好處。

生病的人戴上了口罩，就不用說話，這樣不會太累。

因為生病的時候非常累，要說話的時候更受不了。

生病的好處，如果遇上友善的上司，他們會讓你提早下班。

生病的好處，媽媽會非常擔心，

對於很少母愛的朋友來說應該感到非常值得。

生病的好處，因為太累所以有了健康的休息時間表，

早睡早起，吃的清淡，更可以有一個短時間的減肥效果。

生病的好處，應該還有很多，以上只是我的經驗。

今天看到戴上了口罩的牙醫，換上了黑色眼鏡的他，變的年輕了。

我在想，別人有沒有機會可以只看到一個戴了口罩的女士或男士展現

他們的眼睛就可以突然喜歡了對方，我不知道這機率有多少，

有些覺得太誇張，至少看一看對方脫下了口罩再思考。

這不是說對方是美，是不美就喜歡或不喜歡，

只是很難看到別人的雙眼就能喜歡對方吧！

我忘了醫院的醫生護士是不是長時間都需要戴上口罩了，

可能這就是很難結識到對方的原因之一吧。

說到這裡，重點不是在結識醫生或是護士。

而是口罩變成了不用說話的擋箭牌。

戴上了口罩的人，話少了：自然不會感到疲憊。

常常在說話，真的會感到非常累。

或許，口罩會變成了我的恩物，也變成你們的。

然而，隔著口罩說的話依然是有力的，

可能要多說一次別人才能聽的到。

終究說出來的話是對的或是不對的是別人對這句話的感覺。

那時候口罩不會再是什麼恩物,而是真正的兇器。

溝通的方式

我明白有些話應該要在他或她在的時候就應該好好說，

然而，當我們都是一個沉默的人的時候，

沒有誰先把話題說出來，我們永遠沒有辦法可以溝通。

當他或是她離開了，去了一個我根本沒有辦法去的地方。

對，就是他們變成了天使的時候。

話題，被帶出來了。

沒有辦法得到回應的話題，

慢慢的就變成了每一天的話題，依然沒有回應。

這些話題，變成了日誌。

突然，變成了一種溝通的方式。

這樣他們應該會知道原來我想跟他們聊這些。

代替

（如有雷同實屬巧合）

用四年時間去忘記一個喜歡了十年的人，再用這四年時間去喜歡另一個人，

我感到徹底的背叛。開始，覺得是背叛了那個十歲時候自己喜歡的人，

到了二十歲，終於可以忘記這個人了。

最後，我發現自己是背叛了二十歲的自己。終究背叛了誰，都沒有再研究下去。或許，真的沒有背叛過誰。喜歡另一個人的時候，總會覺得他只是變成了代替品，至少二十歲的時候我會有這種感覺。

這陣子，一直想起電影《永久居留》中一個主角雲海的一個問題：「那一種拒絕更難受？一個不愛你的同性戀還是一個愛你的直男？」我一直思考，都是一樣痛苦是吧。

真的，發現了現在勇敢站出來告訴大家是喜歡同性的人越來越多，這絕對是不該被阻礙的。

近年，認識了不少同志朋友，也算是對他們有了一點認識：談吐、髮型、服裝……這種認識慢慢的讓我覺得喜歡的人也是喜歡同性的，

這樣令我一直糾結，現在還在糾結。

然而，我的直覺很多時候都是很準確的。

答案是什麼，不知道。

很多人說一個人可以讓一個同志變回『不是同志』，

1. 讓那個男人愛上一個大美女。

2. 讓那個女人愛上一個大帥哥。

終究不就是你能把他們變回『不是同志』，別人不也一樣可以嗎？有這麼容易的話，愛真的不會有永恆。只是大家也一直忽略了，我們一出生就是這樣；沒有人能改變。

我們可以討厭這樣的自己，我們可以改變這樣的自己，卻不能不正視這樣的自己。我

喜歡的人是不是同志，對我來說也許真的是一件最痛苦的事。

然而，喜歡了就是喜歡了；現在我還是沒什麼選擇。

也許最沒有選擇的是自己不懂得去喜歡人，去愛別人，

一種來自關心也好的愛和喜歡。

其實，我最討厭的一句話是：「男未婚，女未嫁。」

從來沒有人有權利和用最自私的方式去得到自己最滿意最想要的結果。

（如有雷同，世上哪有這麼多的實屬巧合。）

包包

妳根本就知道櫥窗的那個包包不只有一個,

可是同一時間也有人和妳一樣看上了它,你就會用力的搶。

也許你認為用搶的方式去買走那個包包會讓它變的更昂貴,

最後回家把它丟到一角了,

明明就沒有用過它,就跟大家炫耀怎樣把包包搶回來。

很快的,三個月後妳又看上另一個亮麗的包包,

一個掛在妳身上不會讓妳更亮麗的包包,

妳看見旁邊的她又看上了,這次你多給500元去買走這個包包。

最後妳還是沒有用到它。

什麼時候妳不再為了包包而活,

不,

什麼時候妳真正不會為了搶走任何東西而活。

暫時的貓奴

傳說，貓咪有九條命。

衛斯理小說的老貓，更是外星生物。

其實擁有了九條命，根本就是外星生物了吧。

所以很多人都很喜歡叫牠『貓星人』。

是不是傳說中的貓擁有九條命，

所以有些人就肆無忌憚的測試所謂傳說的可信程度。

現實告訴我們貓咪們是沒有九條命。

我依然不得不佩服牠們擁有驚人的彈跳能力。

很久以前看過一些書本提及貓咪的彈跳能力是來自牠們長長的尾巴，

導致牠們在高空不小心掉了下來也能用尾巴承托身體。

高空，應該是指樹上了吧。

貓咪們真的很喜歡爬樹，我覺得牠們就像一隻小花豹。

說實話，我真的不怎麼喜歡貓咪，

牠真的擁有一對陌生人你不要過來的眼睛。

只要你走近牠，牠隨時都會伸出爪傷人不內疚的小手。

冷冷的，只活在自己的世界裡更加讓人不知道可以怎樣跟牠相處。

晚上，牠那炯炯有神的眼睛更能夠把我嚇走，敬而遠之。

對，像蓮花一樣，

可遠觀而不可褻玩。

牠是小白，是我的老師的貓咪。

一個很突然的機會下，我替老師照顧了牠好幾天。

前幾天牠還是很怕我，後來因為每天都要見面吧，

牠開始接受了要每天都見到我的命運，

終於不怎麼害怕了。

摸摸牠，牠會害怕，牠會逃走。

慢慢的，溫柔的摸摸牠，牠不會逃走，

有時候反過來想逗我玩。

小白，妳是水瓶座吧？

因為你的主人說妳很怕寂寞。

我也是，

我是雙魚座。

握握手當個朋友吧，

這樣就不寂寞了，因為兩個害怕寂寞的，變成朋友就不怕寂寞了。

可是，最後妳還是沒有好好的跟我握手。

其實，

我最想要做的事，就是可以好好跟貓咪握握手，當個朋友。

一定有機會的，是吧！

喵。

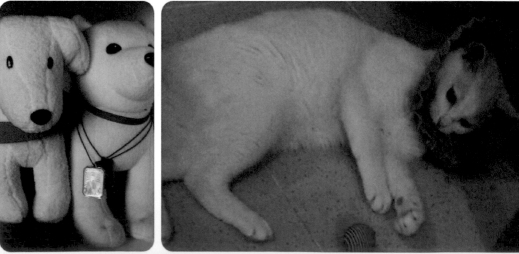

世界明明就是這樣

相同

殘花獨往天橋上，
似是夢中他在醒，
旁邊枕人不是她。
二人看著老天卸下面具，
蓋上櫃子裡的棺材，
提早長眠。

殆盡

把顛倒了的麥田群鴉剪下來再拼貼，

小孩子喜歡把自己推向末路，是懸崖。

大人開了口，卻一切也止不住。

讓最忠誠的動物給造物主以另一種創造方式再繁衍一個生命。

彈孔穿過清澈的湖面，

失控的白馬脫韁般奔馳著，

無頭騎士擁著走火的馬卡洛夫長眠。

靈魂

也許有一天你會跟我說，

只要對著大海吶喊就能把人與人之間的糾結也可以忘掉。

請牽著你的妻子和兒女來到這個我們第一次在夜裡互相擁抱的海灘。

別管她手上拿著多鋒利的刀刃，

心裡說著多怨恨你的話，

只要你一直抱著她，

不要放手，看著那刀刃狠狠的刺進身體上有多痛就要抱她更緊，

讓她軟弱下來，說著你該給她說的話。

依然擁有青春的她，

遺忘了當初是怎樣才能跟這個快要甩掉老牙的你在一起。

然後看著兒女過了一年復一年的瘋癲日子。

刀刃的血跡隨著年月褪色，慢慢的變成鐵鏽味。

我許了一個願，

希望自己是龜仙人的子孫。

至少可以讓我看到最心愛的你年華老去。

龜子孫的靈魂永遠深陷在這裡。

靈魂永遠不滅，

只會讓人生存的更痛。

前朝記憶渡紅塵
傷人的不是刀刃
是妳轉世而來的魂
　　　　林俊杰 - 醉赤壁

薔薇

男生摘下薔薇，小心翼翼地在旁邊人耳邊勾勒出弧度。

面向他就吻個正著，良久。

不久便感到血絲從耳邊滲出來，是一點痛楚，

卻未曾打算把它扔掉下來。

一起躺在草地上，抬頭望向藍天，一起感受著飄送過來的涼風。

只能活著一個屬於他們的地方，

在雙方身體上感受著同一種前所未有的快感。

男生喜歡薔薇，剛好就和女生相反。玫瑰就是玫瑰，薔薇不是它。

就這樣愛上了孤傲的薔薇，不像女生。

就這樣看著紅白薔薇戰爭，有一種少來的滿足，滿足裡頭又帶點幸福。

當他選擇要尋覓那個失去的另一個她時，

早就打算要跟他走向兩個人共同的未來。

一個好不容易兌現的未來。

既然一輩子也等不到另一個性的她，那就乾脆的擺脫這個殘酷的現實。

在他們的世界根本就沒有午夜要回家的定義，

明明就用不著去害怕那所謂的玻璃鞋會甩掉。

誰都不像他們勇敢，

在那個不同外界的愛中，他們相視而笑。

夢剛好就做了一半，餘下的日子裡就請你們倆繼續一起的走下去。

薔薇生命短暫，針狀外殼是醜；

不像玫瑰。卻諷刺它們是一樣統稱。

慶幸有你們愛上。

關心

男：臉怎麼啦
女：沒事

你是關心她的臉，

還是關心她。

然而那根本不是她，

那根本不是她的臉。

那只是一個敷上了面膜的陌生人照片，

那不是和你在聊天室聊天的她的照片。

你不是被欺騙，只是她不習慣用自己的照片。

你是關心她的臉，

還是關心她。

還是你選擇關心所有人。

其實你還好嗎

做自己喜歡的事情真的幸福，

很久沒有這樣認真的對待這本你送給我的日記本了。

很久沒有來探望你了，以往都是和你爸媽一起過來，

今天只有我一個，心情有點緊張和害怕。

我們送給你的聖誕禮物都足夠嗎？有沒有抽空把我送給你的『聖經』看一遍？

你旁邊梁婆婆的家人都來了。

她的孫子說：「婆婆，我們好棒呢！兩個月之前我們一起設計的小火車拿了小學組冠

軍，我把它送給你吧！這樣你可以乘著它去旅行了。」

我也跟婆婆說過一樣的話，可是得獎那天卻是她癌症末期而離開，

來的太突然，眼淚淹沒了笑容，什麼都不想要去想。

這件事我沒有跟誰訴說，在這裡聽到和他相同的經歷，

我只想分享給我喜歡的你。

一直以來，我都不相信會有如此巧合的事情，今天我相信了。

看著你這張充滿笑容的相片，我知道不管我怎樣跟你說，

你都不能回應也不會回應，到了這本日記本白色的地方用盡了，

我會把它給你，讓你看看失去了你的我是怎樣每天強裝快樂的生活著。

十五天後便是你生日了，想要什麼特別的生日禮物？

先送你這一束太陽花，你說你最喜歡喜歡太陽花的我。

墓碑上你的照片，有它的襯托變的更明亮。

看著這張照片，終有一天，我想我會懂得原諒這個世界無聲的帶走你。

香水

我不喜歡香水，覺得它刺鼻，從來都不會用在身上。

因為每一樣東西的製作過程都不一樣就有不同價值？

如果永遠也刪除不了這種固有的定義，那麼人生也是這樣。

也許香水最能夠掩飾自己最不能讓人看到的一切，這才令女士們更喜愛。

香水，真的值得附上一個連成價值的等號？

終究，香水的背後並不是單純的讓我們看它用科學來制成，

它的背後價值擁有它和人類之間的關係。

人類的心靈禁錮，告訴我們，無論我們怎樣去努力改變，

世界原來的規則是依然不會改變。

原諒人和被原諒的那位，依然被人性操控！

遺容化妝師

除了愛情，事業已經是女性第二項重要的東西。

她們渴望愛情又害怕自己學歷不高結識不了優秀的男性，

像西西的短篇故事《像我這樣的一個女子》中 ，

「像我這樣的一個女子，其實是不適宜與任何人戀愛的。」

孤獨是會讓人成長和正面面對痛苦，

保守的人就是過於被溺愛是不懂去成長。

孔子說：「未知生，焉知死。」正好帶出了這個故事的主題。

其實，很多人逃避死亡，原因是不懂死亡。

其實死亡是一種藝術，我們的遺容變得美麗變得醜陋也是一種藝術。

遺容化妝不是一項骯髒工作，是我們應該重視的，

是社會不應該忽略的工作，

遺容化妝師用敬業樂業的精神把死者的臉容修飾最美麗的。

儘管最後被推進火裡去化成灰燼，死者的家人也給他最衷心的感謝。

未來，如果科技真的能代替我們工作，我相信遺容化妝不會被取代。

探討

上倫理課的時候，

老師要我們自由選擇有興趣的題目來探討寫成文章。最後我選擇了

"Do Wedding Dresses Come in Lavender？

The Prospects and Implications of Same-Sex Marriage"

希望這個問題我們不需要探討一輩子，可以一輩子，是當所有地方都立法了。我們再

探討如何再可以有更多空間去正面探討這個問題。

我在乎的不只會用中文寫出來，

我也會努力用我有限的英文文法把它都寫出來。儘管用不同的語言表達，

你在乎的，我在乎的都沒有改變，你可能會覺得和心愛的人結婚才能走完你的人生，

所以你會說：有些事現在不做一輩子都不會做了。現在不結婚老了你還娶我嗎？你一

定著急，不著急儲蓄買房子，先是著急在最美麗的時刻嫁給他。有些人為什麼能輕鬆

的在出生的地方結婚，白頭偕老，然而別人總是像殺掉了你一家人，結了婚的話可能

還會把很多問題帶到社會去。

為何總是別人錯，而不是自己錯。

為何總是放大自己的重要性，剝奪別人的權利。

其實我執著的，如果你和我一樣擁有這些應該有權利在出生的地方跟心愛的人結婚的

朋友，但最終不可能，你應該知道我為了什麼而執著。如果兩個人想要在另一個地方

完成他們的愛情長跑，他們不會在晚年才決定而是很早就已經有準備。終究，香港人

的家就是香港，能夠在家跟心愛的人白頭偕老，

多一份尊重，我想這是大家想要的幸福吧。

斷捨離

斷了線的風箏繼續在天空中飄盪,

最後不經意的飄到不遠的樹梢上;降落。

剛剛剪斷了的頭髮順著肩膀的弧度徐徐地一絲一絲的掉在地上

斷了線的電話不能撥通世界的另一端去,

討來的卻是一句又一句的謊言。

折斷了的軌跡再一次被交錯到銀河系裡,

繼續讓小恆星不斷的碰撞,墜落。

女孩撥不通情人的手機,在留言中說過一些繼續纏繞的話:

狠心拋棄身邊的所有,走上塔頂跳下來,很快。

沒有遺憾,嘴角微翹,留下一滴淚。

斷了的弦繼續附和手上的弓,完成樂譜上的句子。

終究,

指頭給別人狠狠的咬斷了,

留下的只有,

三滴血。

卸下面具

也許面具還是白色的好。

因為白色，

別人就不會有防避之心。

以為你就是如此的美好。

漸漸他們會發現面具變成灰色，

再變成黑色。

黑色的醜陋，我想只是從白色而來。

也許面具還是白色的好。

是沒有面具更好。

只是，我們都沒有誰做到卸下面具。

昨天老爺渴了，

所以去汽水售賣機買了汽水。

一按，

掉了下來。

不許你註定一人。

他說：一定是你的奶奶。

我心裡：奶奶，你好討厭。 2015.07.26

如煙

站在鏡子前我們說不出那是真正的自己的証據，所以我們拼命的尋找·自己拼命的討厭鏡子。

只要努力裝一點酷別人就不會知道你失去了的是什麼。

二零零二年十一月二十六日，晴。
最後跟他們幾個一樣逃不了，不知道要被禁錮在這裡多久。
二零零七年十一月二十七日，陰。
今天是媽媽生日，收到了他們第一次寄來的信。
二零零七年十一月二十八日，陰。
祝我生日快樂。

「重新做人，不要回頭看。」
「嗯」
「後會無期」

「去世界殯儀館，謝謝。」

「新聞特報，警方呼籲市民提供觀塘失蹤男童消息。」

「八十六。」
「謝謝。」

「啊！來了。」爸爸用蠻不在乎的語氣說。

媽媽紅著眼眶說：「先過來穿孝服。」
我想她是比五年前憔悴多了。
「爸爸每天都在嘆氣，又責怪自己工作繁忙沒有好好管教你。」
她一邊說一邊替我攏好凌亂的頭髮。
「阿翊，你瘦了。」
「爺爺你身體還好嗎？」
「咳，一副老骨頭，還過得去！」

「現在可以順著家中排行瞻仰李女士遺容。」
二零零七年十一月二十九日，陰。
凌晨二點半，回到家裡已經有五十四分三十三秒。
昨天生日，撞上了白事。仍然不能相信婆婆會自殺。

「小羽，很晚了，要回家了！」
「婆婆你過來推我吧！」
「嗯，盪過鞦韆後要回家喔。」
「再高一點，再高一點，快抓到月亮了。」
「抓緊一點，不然太高會拋出去！」
「不怕的，再高一點吧！」
「婆婆。」

「嗯。」
「我累了，回家吧。」
「來，握著我。」
「婆婆。」
「嗯。」
「是不是長得高就可以抓到月亮？」
「傻孩子，那當然不是。我們在地上，月亮在天上；怎樣抓也抓不到。」
「那我要像小鳥一樣飛翔，飛到月亮去！」
「等你再長大一點，婆婆帶你去旅行好不好？」
「嗯，但是會怎樣去？」
「可以坐飛機，那時候就可以像小鳥一樣在天空飛翔！」
「那就可以抓到月亮了？」
「嗯。」
「我要趕快長大，跟婆婆一起去旅行。只有我們兩個的旅行。」
「不帶爸媽去？」
「不，只跟婆婆。」
「我最喜歡婆婆！」
「傻孩子！」
「我要去，我要去……」
「啊！」

掛鐘指著八點十分。
我做了一個夢，看到婆婆：聽不到她最後的話。
睡了沒有六個小時，其餘應該在夢中徘徊，現在倒不想睡。
出來之後就去了喪禮，都沒有正式到外面去，想走一走。
八點二十七分。

阿翊，我和爸爸不回來晚飯，自己小心一點。　媽媽
「以往是這樣，現在又是這樣。」澎！

「才叔早。」
「早啊阿翊！去找朋友？」
「不是，想出去走一走而已；畢竟有五年時間不在這裡。」
「嗯，五年這裡也真的變了很多。」他向剛進來的住客招了手。
「我先走。」

話題總有交集，不知道要站在這裡多久，我不想多談。

「小心點！」
我做了一個OK手勢。

「可以幫我們拍照嗎？謝謝。」剛走到海旁有一個女生把我叫停下來。

「預備，一二三。」

「謝謝！」他們回了我一個答謝的笑容。

「小朋友你幾歲了？」坐在旁邊和我一起抽煙的男人問。

「二十二。」

「這麼快學會抽煙了？」他享受的吐出煙圈。

「十二歲就學會。」

「嗯。」他像是明白的點點頭。

「不好意思。」突然有一個婆婆和一個小孩走到我面前。

「嗯。下一次小心點！」我拿起在我腳旁邊的皮球。

「舜舜還不謝謝哥哥？」

「謝謝。」他很快的抱起這個屬於他的皮球。

「再見哥哥。」

「再見！」她握著他給了我一個溫柔的笑容。

「我想你是沒有那麼壞的！」

「嗯？」

「就像剛剛這樣。」

「我坐過牢。」

「嗯。」他又好像明白了什麼然後點點頭。

一個下午，我們坐在這裡誰都沒離開。

二零零七年十一月三十日，陰。

深夜十二點，我走進便利店。

沒有付錢也沒有店員察覺，很安全的離開。

我想，我需要回頭。

回到從前。

只要沒有人懷疑，沒有人察覺，我不需要回去被禁錮。

我慢慢承認自己喜歡這種被世界放棄，自我放縱的感覺。

這個就是我。

新聞特報：「今天在中區謀殺及傷人案中受傷的二十一歲女子在瑪麗醫院證實死亡，使案中的死亡人數增加至兩人。案件已被列為雙重謀殺及傷人案處理。下一則新聞……」

「還在看電視？過來扶一下爸爸回房間，他喝醉了。」

「老婆！」他喝醉還叫著媽媽。

「還是我來吧！」

「嗯。」

「一點鐘了，去睡吧！」

「嗯。晚安！」

「又是你？」是昨天那個男人。

「嗯。」

「你打算每一個下午都在這裡坐著？」

「也可以，反正沒有事可以做。」

「不重新回到學校生活？」他享受的吐出煙圈。

「沒有這個打算。」

「嗯。」他像是明白的點點頭。

「哥哥！」是昨天那個小孩和他的婆婆。

「過來和我玩吧！」他拉起了我的手說一起玩皮球。

「這樣會打擾哥哥的。」她憂心的說。

「哥哥，過來吧！」他堅決的拉起我的手。

「不要緊，反正我閒著沒事做。」

「不好意思！」她回了一個昨天的笑容。

「哥哥我累了，等一下再玩吧！」

「嗯。」

「婆婆。」

「喔，水。」

「還沒知道怎樣稱呼你呢！」她問。

「傅天翊。」

「叫你阿翊可以嗎？」

「反正隨便都可以。」

「咳、咳、咳。」

「不好意思。」我把煙丟到垃圾箱。

「你不用這樣的。」

「沒關係。」

「我都習慣四十年了。」她用手帕抹去他身上的汗。

「喔。」

「哥哥明天也會在這裡？」他高興的問我。

「應該會吧！」

「很好啊！婆婆我們明天早一點過來好嗎？」

「早一點，也不知道哥哥喜不喜歡跟你玩呢！」

「沒關係。」

「哥哥說可以喔！」他給她一個勝利的笑容。

「那回去乖乖做好功課，明天就可以早一點出來玩！」

「嗯。」

「我們先回去，不打擾哥哥了！」

「再見！」

「再見哥哥！」他向我揮揮手。

「再見！」她握著他給了我一個溫柔的笑容。

「下一個禮拜我們搬出去！」回房間的時候聽到爸爸說。
「阿翊怎麼辦？」
「他住在這裡沒關係。」
「這樣……」
「不然你跟他一起住。」
「不，就下一個禮拜。」
「嗯。」

「關電視！」
「又有什麼事？」媽媽不得其解。
「你想想當初他是怎麼了，像他們一樣。我說關電視。」
「媽，我不吃了。」
「嗯。」
「你這是什麼態度啊?站住！」
「老公！」
「你明明就認為我以前是這樣，永遠也會是這樣吧！」
「阿翊，快跟爸爸道歉！」
「就明天搬出去啊，反正你們都不想看見到我了！」
「原來都知道了，那沒人再會管你害誰殺誰。這樣你最喜歡！」
「老公！」
「誰管他殺人啊！」
「神經病！」
「阿翊。」
「別管他！」

二零零七年十二月二日，陰。
謝謝他們同意我的放肆。
一點零五分。
「我最喜歡婆婆！」
「傻孩子。」
「我要去，我要去……」

「啊！」

嘖！又是這個夢。
反正我知道應該要這樣做。
沒有人可以責怪我。

「孩子，今天很早！」是那個男人，他手上只有一支煙，還穿了西裝。
「你也是！」
「嗯！」他享受的吐出煙霧。
「是因為早上不喝酒了？」我實在是對於他突然不喝酒而一面疑惑。
「等一下要上班。」他看看他那古老的錶。
「嗯！」我像是明白的點了頭。
「孩子，你實在是不應該放棄你自己！」他認真的說。
「是他們放棄我而已！」我享受的吐出煙霧。
「我想，過了今天我們都沒有什麼機會見面。」他看了第四次錶。
「嗯。」
「你要好好努力！」
「嗯。」
「你是很好的孩子。」
我是很好的孩子，我是……
「嗯！」我享受的吐出煙霧。
「希望我們會有機會再見。」
「希望是這樣。」
「再見！」

「嗚……氣球飛走了。」小孩看著氣球飄到天空中，嚎哭。
什麼時候，我覺得他很像我。
「不要哭，就再去買。」什麼時候，她也說過一樣的話。
「嗚……裙子弄髒了。」女孩看著裙子，然後再看看地上的冰淇淋。
「又是這麼不小心！」她像是責怪的，
卻小心翼翼的用手帕清理裙子上的骯髒。
「可以再買一杯嗎？」
「不怕胖喔？」
「不怕！」她一面稚氣的說。
他們失去了氣球和冰淇淋，只要哭一下，就可以再擁有過。
如果所有失去了的都可以用錢買回來的話，應該再沒有人會害怕失去。
他們依然會荒謬的相信這個世界是美好的。

「阿翊！」
「嗯？」是舜舜的婆婆。
「你真的這麼早就在這裡。」
「嗯！他在哪裡？」
「那孩子生病了，所以我就出來找你！」她一面擔心的說。
「沒什麼事吧！」
「嗯！沒什麼。在家裡休息就好，還說要出來跟你玩。」
她臉上滿是溺愛的笑容。

「那我可以去看他嘛？」
「不會打擾你嗎？」
「不會，反正閒著沒事做。」
「謝謝！」

「這裡就是。」
「嗯！」
「你……」她用僅餘的力氣，只能說出一個字。
「是我開始忌妒他，你不能怪我！」

用拳頭掄向玻璃，讓那碎片割破她的喉。
把屬於我們鋒利的回憶割回來。
現在她的生命是屬於我的。
她的聲音，我聽到的是跟她一樣的聲音。
坐在椅子上，對著鏡子的她比天使更美。
我回憶著她的髮型，替她剪了一個相同的。
「婆婆，你很美！」
「只要在這裡，沒有人可以離開。」

電話撥號中……
「媽！是妳嗎？」她女兒說。
「婆婆！快回來吧，我是舜舜啊。」
「妳說話啊，是不是發生什麼事了？」
「應該沒有事的，她很快會回來的。不要那麼擔心！」
「嗯。」
「不會有人傷害她這麼好的老人家的。」

那些大人原來都很幼稚。

二零零九年十二月六日，陰。
「婆婆，生日快樂！」
三點四十分。

「煙一包。」
呯、呯、呯……
「你給我站住！」
「快幫忙抓住他。」

二零一零年十一月二十八日，陰。
這是我的生日禮物，也是最後一個。
一個跟妳一模一樣的她。
她的所有，是妳的所有。
傳天翊，生日快樂。

有新的，舊的給我擱置在衣櫥裡。坐在椅子上，對著鏡子的她，
看著她的頭髮沿著肩膀的弧度徐徐地一絲一絲落下。
直至一根頭髮也沒有。
像初生嬰兒一樣。
凝視著傾聽著電視傳過來的聲音。

「祝你生日快樂，祝你生日快樂，祝你生日快樂……」
「小羽生日快樂！」
「謝謝婆婆。」
「來親我一下。」
「跟婆婆講你要什麼願望。」
「婆婆永遠不要離開，每一個生日都陪伴我！」
「嗯，婆婆答應你永遠不會離開，每一天也陪伴你。」

我恨妳欺騙我。
我恨妳，我才要用這個方法擁有妳。
她們沒有一個能代替妳，只是代替妳跟我一起死。

我在她臉上吐出煙霧，扔掉在地上。

「我要去，我要去……」
天堂，
有妳的天堂。

我說：真人真事簡單寫就好。

懶惰的我一直隨著這個方向寫作，

這樣讓我比較喜歡寫像日記的短篇散文，偶爾長篇。

有時候我也有把很少很少真的很少的經歷投進小說裡，

然後我發現自己最討厭寫小說的原因其一是沒東西寫，

第二我發現只要把結局寫的悲傷，主角配角們都死掉，

我根本不用再寫什麼去總結它，更加証明我是有多喜歡偷懶。

回頭發現說著我不怕死亡，我是多麼討厭死亡害怕死亡；

而且我發現自己寫小說的時候一整個人變的黑沉沉的，

跟寫散文的自己判若兩人。

我真的是一個不喜歡寫小說卻想要當小說家的人。

洛洛 2015.09.05

主，請答應我給我一張老一點的臉，一張不因為了工作而老去的臉，因為走過不同地方，遇見不同美麗人事物而逝去的青春的那一張臉。每天，我祈禱著。誰不想永遠年輕，只想勇敢擁抱年老，僅僅如此。

忘了什麼時候覺得創作像是媽媽生兒育女一樣，可是之間的分別是：一個家庭有爸媽也有孩子，而我只有自己一個寂寞的寫作，所以我是它的媽媽也是爸爸。而且，媽媽從來都不會知道孩子出生的時候美不美，還是缺少了什麼，只有知道孩子是女生還是男生。寫作，它可以讓你不停的修改，選擇怎樣的文字配色，為了達到自己最滿意的效果。寫作，它可以任憑自己控制自己知道怎樣的作品會是最好：媽媽在懷孕的時候不停的吃補品不停的讓嬰孩吸收卻又不會知道這個孩子最後會長成什麼樣子。我從來不知道媽媽有沒有感到寂寞，至少她有爸爸的陪伴下不用怕生兒子的心情；寫作的寂寞我不感到痛苦，痛苦的是自己永遠不會知道它印刷出來後有多少人欣賞，就像媽媽的孩子是否喜歡這個世界一樣，最後誰都不曾捨棄誰。

這一年，我嘗試不再只活在自己的世界裡，了解一下爸媽和別人的心思，努力的配合他們，只是我知道自己多努力的想要配合別人也好，自己也好像不是那麼心甘情願，我想起了一句歌詞：你相信什麼你執著什麼你就是什麼。

如果記憶可以移植

作者：洛洛

出版：Anything & Everything Limited

電話：+852 9649 7676

網址：www.aehk.net

出版日期：2015年12月

初版印刷：A to Z Multi-media Co., Ltd.

定價：港幣60元正

ISBN：978-988-12885-2-3

圖書分類：散文